À ma Rozenn.
À toute ma famille, pour avoir toujours été là dans les moments difficiles.

X.C.

ISBN : 9782362210105

Conforme à la loi n° 49.956 du 16 juillet 1949
sur les publications destinées à la jeunesse.
Imprimé en Belgique par Proost.
Dépôt légal : octobre 2010.
http://www.editions-micmac.com

Gudule - Xavier Collette

Le Gondolier des Ténèbres

ET AUTRES
CONTES DE LA PEUR

éditions
[MiC_MaC]

La Bête aux Crocs Rouges

Cette histoire s'est passée en pays comtois, il y a bien des siècles. Mais aujourd'hui encore, quand gronde le tonnerre et que les éclairs blancs zèbrent le firmament, les vieux la racontent à voix basse. Et il n'est pas rare, ces nuits-là, qu'au milieu de l'orage, un cri se fasse entendre. Le plus horrible cri qui se puisse concevoir. Gare, alors, au promeneur égaré dans la tempête, car sa vie ne tient qu'à un fil ! Qui tombe entre les griffes de la bête aux crocs rouges en meurt ou devient fou...

Jacquou, le forgeron de la vallée de Breuchin, n'était pas méchant homme, mais il battait sa femme. La nature avait mis dans ses veines un sang trop chaud, qui ne demandait qu'à bouillir. À la moindre contariété, il devenait d'une brutalité extrême. Nanette, son épouse, bien qu'elle fût humble, soumise et prompte à obéir, faisait les frais de ses sautes d'humeur. Si bien qu'on la voyait souvent les yeux pochés, boitant et mal en point. Nez cassé, crâne fendu et front bosselé étaient, depuis le jour de ses noces, son lot quasi quotidien.

Or, il advint qu'elle en eut assez de ces mauvais traitements. Elle était fort belle, quand les horions ne la défiguraient point, et s'ils n'avaient craint le courroux conjugal, nombre de prétendants se seraient pressés à sa porte. L'un d'eux, un joli gars du nom de Sylvinet, lui faisait d'ailleurs battre le cœur, tant il était pâle, blond et maigrelet.

« Un tel homme, se disait-elle, n'aurait même pas la force d'écraser une fourmi, et ses coups, j'en jurerais, ressemblent à des caresses. Comme on doit être bien, auprès de lui ! » Sylvinet, pour sa part, percevait l'attirance qu'il exerçait sur la jeune femme. Et, tout en gardant bonne distance, il ne se privait pas de lui manifester sa flamme.

À chacune de leurs rencontres – qui n'étaient pas rares, le jeune homme étant berger et menant ses troupeaux paître non loin de la forge –, il portait sur Nanette un regard brûlant qui en disait long. Mais au grand jamais il n'aurait poussé l'audace jusqu'à lui adresser la parole, craignant, à juste titre, que l'irascible époux ne lui fracassât le crâne.

Donc, un beau jour, après une correction particulièrement sévère – et sanctionnant, comme de coutume, une broutille –, Nanette s'en fut trouver le sorcier Malicorne.

C'était un homme étrange, redoutable pour tout dire, vivant dans les monts du Jura. On le soupçonnait de commercer avec le Diable, mais comme il connaissait mille potions magiques et désenvoûtait mieux que quiconque, nul ne lui cherchait noise. La route était longue jusqu'à son antre, mais il en fallait plus pour rebuter Nanette. La malheureuse était si lasse de son sort qu'elle aurait grimpé le Calvaire, une croix sur le dos, pour être débarrassée de son fléau de mari.

Lorsqu'elle parvint à la grotte où logeait le sorcier, la nuit tombait. À cette heure, là-bas, dans la vallée, Jacquou avait sans doute constaté son absence, et les murs de la maison devaient retentir de ses imprécations.

Il semblait à Nanette les entendre jusqu'ici, portées par le vent du soir, et cela la conforta dans sa décision. Alors – et bien que la peur lui tordît les entrailles, car le lieu était fort sinistre –, elle appela :

– Malicorne, es-tu là ?

Un pas lourd résonna dans l'ombre, et une voix à vous glacer le sang répondit :

– Qui ose troubler ma solitude ?

– Une pauvrette en quête d'assistance.

– Fort bien, j'arrive. Mais si tu m'as dérangé pour rien, il t'en cuira.

Nanette ne connaissait le sorcier que par ouï-dire.Aussi eut-elle grand peur lorsqu'elle le vit apparaître. Il lui sembla rencontrer Belzébuth en personne. Il était plus noir qu'un bouc et puait tout autant. Ses yeux avaient la couleur des braises, et des cornes ornaient son front. Un grand manteau sombre le recouvrait, sous lequel dépassait une paire de pieds fourchus.

– Par tous les damnés de l'Enfer, femme, que demandes-tu ? tonna-t-il.

En entendant ces mots, l'émoi de Nanette fut tel qu'elle perdit connaissance. Quand elle revint à elle, le sorcier l'avait transportée dans sa caverne, et ce qu'elle aperçut la fit claquer des dents. Ce n'étaient, autour d'elle, qu'alambics et cornues où se distillaient des liqueurs infâmes, à l'odeur de soufre. Les murs étaient garnis de fioles de toutes sortes. Dans l'âtre bouillait un chaudron, répandant une fumée épaisse. Des chauves-souris voletaient çà et là, ainsi qu'un hibou, dont les gros yeux jaunes luisaient dans la pénombre. Assis auprès du feu, Malicorne lisait un genre de grimoire à couverture de cuir.

– Vas-tu enfin me dire ce qui t'amène, femme ? » s'écria-t-il, dès que Nanette se redressa sur sa couche.

La jeune femme s'arma de courage.

– Je voudrais supprimer mon mari, répondit-elle. Il me cause du tort, me frappe et me malmène.

– Cela, à première vue, n'a rien de répréhensible, remarqua le sorcier. Tout époux a le devoir de corriger sa compagne, et en la rudoyant, il est dans son bon droit. Qui songerait à l'en blâmer ? Les femmes méritent cent fois le châtiment conjugal.
Ce discours déplut à Nanette, mais, fine mouche, elle n'en laissa rien paraître.
– Certes, vous avez raison, feignit-elle d'admettre, mais il y a châtiment et châtiment. Si une taloche de temps à autre bonifie qui la reçoit, celles que m'inflige Jacquou ne sont pas de cette sorte. Elles me meurtrissent, m'éclopent, et un de ces jours, me feront assurément passer de vie à trépas.
Malicorne l'écoutait attentivement, en hochant la tête.
– Tout ceci mérite réflexion, concéda-t-il enfin.
Et, délaissant Nanette pantoise, il se replongea dans son livre.
Un long moment passa avant que le sorcier ne reprenne la parole.
– Puisque ton mari se conduit comme une bête, il te faut lutter contre lui à armes égales, dit-il. Prends ce pelage et revêts-le : il te rendra pareille à la louve dont il provient. Mais garde-toi surtout de le porter par temps d'orage, car en ce cas, tu deviendrais louve pour toujours.
Nanette remercia, se défit des œufs, du lait et du fromage qu'elle avait emportés en paiement, et, chargée de l'inestimable présent, regagna ses pénates.
Lorsqu'elle arriva, il faisait grand jour. Jacquou, qui l'avait attendue en vain toute la nuit, écumait de fureur. Dès qu'il l'aperçut, il se jeta sur elle et la roua de coups. La malheureuse, sur le point de succomber, eut la présence d'esprit d'user de sa fourrure. À peine en eut-elle recouvert ses épaules qu'elle se sentit autre.

Ses muscles durcirent, ses dents s'allongèrent, et une rage aveugle s'empara d'elle.
– À présent, tu vas payer tout le mal que tu m'as fait ! dit-elle à son mari.
Et, sans état d'âme, elle l'égorgea. Puis, cachant la pelisse du sorcier dans un coffre, elle sortit de chez elle en menant grand tapage.
– À l'aide, criait-elle, un loup féroce a occis mon époux !
Et de pleurer des larmes hypocrites, en se tordant les mains devant le corps dépecé.
De ce jour, l'existence de la veuve devint calme et sereine. Et la tranquillité l'embellissant encore, les galants affluèrent.
Mais un seul parmi eux lui plaisait : le joli Sylvinet, aux si douces manières.
Elle lui céda. Une nuit d'été, les deux amants connurent le bonheur.
Tandis qu'ils reposaient dans la chambre de la forge, la pluie se mit à tomber et le tonnerre gronda. Nanette, à-demi somnolente, eut un léger frisson.
– As-tu froid, ma mie ? s'enquit Sylvinet, plein de prévenance.
À la tête du lit se trouvait un coffre empli de vêtements. Le jeune homme l'ouvrit, afin d'y quérir de quoi couvrir sa belle. Avisant une fourrure dont les reflets d'argent miroitaient dans l'ombre, il s'en empara et la posa sur elle.

Aussitôt, sous ses yeux horrifiés, Nanette devint louve. Dans un sursaut de conscience, elle tenta de repousser le terrifiant habit, afin que cesse le sortilège. Mais sa métamorphose, du fait de l'orage, était cette fois constante. Alors, bien malgré elle, la malheureuse sauta à la gorge de son bien-aimé et, mue par une sauvagerie qu'elle ne maîtrisait pas, le tua. Puis, épouvantée par son geste, elle s'enfuit dans la tempête.

Depuis cette nuit funeste, Nanette-la-maudite rôde sans trêve ni repos. Et les nuits d'orage, son âme tourmentée reprend forme de louve, afin qu'elle revive, encore, et encore, et toujours, l'horrible mort de son amant. Quiconque la croise, alors, s'il n'en perd pas la vie y laisse sa raison. Car c'est un spectacle entre tous effroyable que cette bête aux crocs sanglants, qui hurle sa douleur au milieu des éclairs, avec dans les yeux de vrais pleurs de femme.

Le Diable et Le Bûcheron

Piet, le bûcheron, s'en retournait à la nuit tombée, sa cognée à la main, lorsqu'un nain boiteux surgit devant lui et l'apostropha en ces termes :
– Eh, l'homme, échangerais-tu ta destinée contre la mienne ?
Pris de court, le bûcheron tarda à répondre. En voyant son hésitation, le nain fit un geste de la main. Et avant qu'il n'ait eu le temps de dire ni quoi ni qu'est-ce, Piet eut, comme par magie, la taille d'un enfant de cinq ans, des jambes torses, un buste difforme, des yeux globuleux et un crâne bosselé, tandis que son propre corps, vigoureux et de belle stature, s'éloignait à grandes enjambées, habité par une âme qui n'était pas la sienne.
Voilà qui ne faisait point l'affaire de notre homme. Fort en peine, il rentra chez lui, mais l'usurpateur l'y avait précédé. Si bien que lorsqu'il se présenta devant sa femme, celle-ci le chassa à coups de balai.
Il eut beau protester qu'il était le mari, elle lui rit au nez.
– Mon époux est bien au chaud dans son foyer ! répondit-elle. Il a la pipe au bec, les pieds dans ses pantoufles, et si vous persistez à vous prétendre lui, je le ferai chercher et il vous bottera.
Ravalant son humiliation, Piet s'en alla trouver sa mère. « Les mères, pensait-il, voient au-delà des apparences. Lorsqu'il s'agit de leur enfant, c'est le cœur qui regarde, et non les yeux. »
Mais le cœur de la sienne était sans doute aveugle, car elle ne le reconnut pas. Pire, elle le menaça d'appeler les gendarmes s'il s'obstinait dans ses mensonges.
– Quel toupet ! glapissait-elle, prenant ses voisines à témoin. Ce vilain gnome voudrait se faire passer pour le beau gars que j'ai mis au monde !
– Il aura rétréci au lavage, riaient les unes.
– Il se sera lorgné dans un miroir concave ! s'esclaffaient les autres.
Piet, honteux et confus, s'éloigna sous les quolibets. Ne sachant plus à quel saint se vouer, il décida de les solliciter tous et se rendit à l'église. Mais il eut beau brûler des cierges et marmonner cantiques et oraisons, le Paradis fit la sourde oreille.
– Sans doute suis-je trop loin du ciel, en mon état de mi-portion, se dit le bûcheron tristement. Aurais-je plus de chance avec messire le Diable ?
Et de se jeter à genoux pour invoquer Malin. Ce dernier fut prompt à réagir : l'instant d'après, il se manifestait en toute sa noirceur.
– Que veux-tu, petit homme ? Pourquoi me déranges-tu ?
– Je veux changer de corps, celui-ci ne me plaît guère.
– Et pourquoi donc ? Il a deux bras, deux jambes, une tête qui pense, une bouche qui parle, que te faut-il de plus ?
– Un peu de beauté, car ma laideur m'afflige. Par faveur, Lucifer, j'aimerais redevenir tel qu'avant.
Le Diable se gratta le crâne, entre les cornes.
– Je n'ai pas le pouvoir de te rendre ton corps, car celui qui l'a pris est un grand magicien. Mais je puis t'en offrir un autre, si tu le désires. C'est la beauté que tu souhaites ? Qu'il en soit fait selon tes vœux.
Une belle passait, la taille fine et le sein rond. Le Diable claqua des doigts, et dans l'instant, l'âme du bûcheron s'y retrouva logée.

La première surprise passée, Piet se réjouit vivement de son nouvel état. Cette peau-là faisait bien son affaire, car elle était douce à ravir. Il s'éloignait à petits pas quand un attelage le dépassa pour s'arrêter non loin de lui.
– Holà, damoiselle ! le héla une voix. Êtes-vous égarée ? Avez-vous besoin d'aide ? Où peut-on vous conduire ?
L'aimable voyageur était un nobliau se rendant sur ses terres. Flatté, le bûcheron prit place auprès de lui et, comme il n'avait nulle part où aller, se laissa mener où l'on voulut le conduire. Mais le même soir, alors que la pleine lune éclairait l'horizon, sa prière descendit vers le royaume des Ténèbres.
– Lucifer, prince des Enfers, toi qui m'as eu en grande pitié, viens à mon secours !
Le Diable aussitôt apparut.

– Qu'y a-t-il encore, petit homme ?
– Je veux changer de corps, celui-ci ne me plaît guère.
– Et pourquoi donc ? Il est si séduisant que nul ne lui résiste, que te faut-il de plus ?
– Justement, c'est bien là le problème. Lorsque j'étais nain, tous me repoussaient. Aujourd'hui, tous me sollicitent : seigneurs, laquais, palefreniers, et jusqu'au dernier des mitrons. Je n'ai plus un seul instant de repos et, à l'usage, je ne sais lequel des deux états m'est le plus pénible : être trop peu aimé, ou l'être trop.
– Que souhaites-tu, alors ?
– Je voudrais devenir chien, et errer librement où bon me semble, sans crainte qu'on me convoite ou qu'on se rie de moi.
– Qu'il en soit fait selon ton bon désir, décréta le Diable, avisant un corniaud qui passait sur la route.
Et, aussitôt, Piet se retrouva pourvu d'un museau, de quatre pattes, d'une queue... et d'un ventre affamé.
Sans même remercier, il partit comme le vent quérir sa nourriture. Mais s'approchait-il d'une ferme, attiré par l'odeur du ragoût ? On le chassait à coups de pierres. Poursuivait-il un lièvre afin de s'en nourrir ? Un renard lui volait sa proie. Tentait-il de s'introduire dans un poulailler ? Un coq furieux lui lardait les jarrets. Et tout à l'avenant, de déboire en déboire, notre chien atteignit le soir, le ventre creux.
Il était plus de minuit lorsque son aboiement parvint au royaume des Ténèbres.
– Lucifer, prince des Enfers, toi qui m'as eu en grande pitié, viens à mon secours !
Le Diable aussitôt apparut.
– Qu'y a-t-il encore, petit homme ?
– Je veux changer de corps, celui-ci ne me plaît guère.
– Et pourquoi donc ? Tu es libre, sans attaches, la nature t'appartient, que te faut-il de plus ?
– Que me sert d'être libre si je meurs de faim ? Je voudrais me suffire à moi-même, n'attendre rien de personne. N'être assujetti ni aux humeurs des uns, ni au désir des autres, ni à l'obligeance de celui-ci, ni à la bonté de celui-là. Car le voilà, le bonheur véritable : se satisfaire de ce que la nature nous offre à foison, le suc de la terre et l'eau du ciel... Messire le Diable, je voudrais être un arbre.

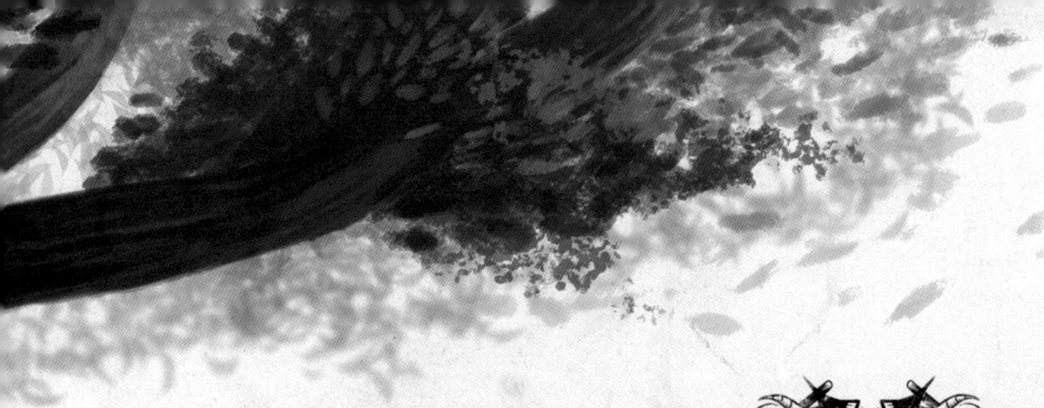

Ainsi fut fait. Piet devint chêne, et durant quelque temps, cet état le contenta pleinement. Il était, en effet, grand, fort, beau, libre, et n'avait pour uniques besoins que les substances puisées par ses racines dans le sol, le vent, la pluie, l'orage et le soleil d'été. Et ce, jusqu'au jour où une cognée entama son tronc : celle de Piet, ou du moins, de l'usurpateur que tout le monde prenait pour tel.

Coup après coup, le chêne vit celui qui avait volé son visage, voler également sa vie. La haine le terrassa, plus encore que la lame.

L'accident fut terrible. L'arbre, de tout son poids, s'abattit sur le bûcheron, le tuant net. « Si les arbres pensaient, se dirent les spectateurs du drame, l'on pourrait croire que celui-là avait prémédité son crime. »

Tandis qu'il agonisait près du cadavre de son ennemi, Piet vit passer un chien errant, l'oreille et la queue basses. Puis une femme au sein rond, poursuivie par ses soupirants. Puis un nain, clopinant cahin-caha sur ses jambes torses. Et il les envia. Alors, il rassembla ses dernières forces pour crier :

– Lucifer, prince des Enfers, toi qui m'as eu en grande pitié, viens à mon secours !

– Que veux-tu encore ? demanda le Diable.

– Changer de corps, celui-ci n'en a plus pour bien longtemps à vivre.

– Et lequel souhaites-tu ?

– N'importe lequel de ceux-là, car le chien court toujours, malgré sa maigre pitance, la femme est toujours belle, en dépit des galants, le nain a toujours deux bras, deux jambes, une tête qui pense et une bouche qui parle. Tandis que moi, je meurs...

Alors, le Diable entra dans une grande colère.

– Tu n'es jamais content ! tonna-t-il. Aussi ne céderai-je plus jamais à tes caprices. Meurs donc, et pour prix de mon travail, je prendrai ton âme. C'est un salaire largement mérité.

Et Lucifer emporta l'âme de Piet en Enfer, où elle brûle encore.

Le Gondolier des Ténèbres

Autrefois, dans la Venise des doges et des marchands, vivaient deux jeunes gens, Tonio et Giovanni. Le premier était noble, le second gondolier, mais en dépit de leur différence de rang, une grande amitié les liait. Que dis-je, grande ? Immense. L'une de ces amitiés rares qui, non contente de braver les préjugés humains, perdure même par-delà la mort. L'on ne les voyait jamais l'un sans l'autre. Si l'un se blessait, l'autre avait mal ; si l'un manifestait sa joie, l'on pouvait être sûr qu'une bonne fortune venait d'échoir à l'autre. Bref, ils étaient unis comme les deux doigts de la main, aussi bien dans le bonheur que dans l'adversité.

Or, ayant atteint l'âge où ces choses se font, Tonio et Giovanni désiraient prendre femme.

– Moi, disait l'un, j'épouserai l'une de ces princesses dont on aperçoit furtivement l'ombre, au balcon des palais. Elles sont, paraît-il, si belles que leur seule vue rend fou qui les regarde. C'est pour cette raison qu'elles ne sortent jamais.

– Moi, je préfère une lavandière, répondait l'autre, plus pragmatique. Quand je passe auprès du lavoir où elles se chamaillent en riant, les hanches ondulantes et les mains dans l'eau, j'ai le cœur qui bat plus que de raison.

Et tous deux de rêver aux incomparables douceurs de ces avenirs respectifs.

– De telles réjouissances couronneront mes noces que Venise s'en souviendra durant un siècle, assurait Tonio. Tous les rois d'Europe y seront conviés, et la fête durera une semaine entière.

– Y serai-je admis ?

– Bien entendu ! D'ailleurs, je ne veux que toi pour témoin.

– Moi de même. Mon mariage n'aura, certes, pas le faste du tien, en revanche, il se fera sur l'eau, et j'y inviterai tous les gondoliers de la ville. Puis, une fois la nuit tombée, nous allumerons les fanaux de nos gondoles, et, à la queue leu leu, sillonnerons les canaux tel un gigantesque serpent de lumière.

Hélas, ces beaux projets ne virent jamais le jour, pour l'un d'entre eux, du moins. Car une semaine à peine après cette conversation, Tonio, pour avoir chanté la sérénade à la princesse cachée qu'il convoitait, fut tué en duel par le frère de celle-ci.

Giovanni, en larmes, l'accompagna dans sa dernière demeure et, sur son tombeau, fit ce serment :
– Conformément à notre promesse mutuelle, je jure que si je me marie un jour, tout macchabée que tu sois, tu seras mon témoin.
Ceux qui l'entendirent mirent ces divagations sur le compte du chagrin, et il ne fut plus question de rien jusqu'au jour où, effectivement, Giovanni se maria. Alors, il dit à ses amis :
– Allons quérir mon témoin.
Et, sans tenir compte de leurs protestations, il les entraîna au cimetière. Là, au risque de passer pour fou, il appela :
– Tonio !
Aussitôt, une voix sépulcrale répondit :
– Me voici.
Or, aussi invraisemblable que cela paraisse, cette voix, Giovanni fut le seul à l'entendre. De même qu'il fut le seul à voir une forme fantomatique sourdre de la pierre tombale pour se mêler au cortège nuptial.
Lorsqu'en cet équipage, ils atteignirent l'église, je vous laisse imaginer la fureur du curé !
– Un témoin fantôme ? vitupéra-t-il. Fi, la sotte plaisanterie !
Et comme Giovanni l'assurait du sérieux de la chose :
– Dans ces conditions, le mariage sera nul et non avenu pour vice de forme, ajouta-t-il, sûr de son fait.
L'assistance protesta, s'indigna, cria au scandale. Menaça d'en référer au diocèse, voire au pape en personne. La mariée, quant à elle, pleurait dans son bouquet, suppliant son fiancé de ne point s'obstiner dans une fantaisie pour le moins sacrilège. Mais elle eut beau dire et beau faire, Giovanni n'en démordit pas, arguant qu'un serment fait à un mort avait plus de valeur qu'un rituel, fût-il sacré.
Après moult palabres et tractations, les autorités religieuses, de guerre lasse, finirent par déclarer forfait. L'on modifia donc, exceptionnellement, l'exercice en vigueur, et l'on se contenta de ce que l'on avait, c'est-à-dire un témoin visible du seul marié.
Hormis cet incident, tout se déroula comme prévu, si bien que Tonio, une fois la cérémonie terminée, regagna son cercueil fort content du spectacle. Non sans s'être engagé, avant de disparaître, à rendre la pareille à son fidèle ami.
– Les défunts se marient donc ? s'étonna Giovanni.
– Me condamnerais-tu à demeurer célibataire pour l'éternité ? rétorqua Tonio en souriant.
Il tint parole. Quelques mois plus tard, il apparut en rêve à Giovanni.
– J'ai trouvé ma princesse, lui annonça-t-il, tout content. Il s'agit d'une fort belle défunte, emportée à vingt ans par une fluxion de poitrine. Je l'ai aperçue derrière un rideau, dans l'un des palais de brouillard de l'Au-delà, et son charme spectral m'a conquis.
Rendez-vous fut pris, devant la tombe, à une date donnée.
Giovanni ne manqua pas d'y être, au jour et à l'heure dits. Le fantôme de Tonio également, si bien que, le prenant par la main, celui-ci l'entraîna au royaume des Morts. Ô surprise, cet univers tant redouté des vivants était en tous points semblable au nôtre, hormis le fait qu'une nuit pemanente y régnait. La cérémonie se déroula donc dans la pénombre – ce qui ne dépaysa pas le jeune gondolier, noctambule par goût autant que par profession.
En ce séjour, comme Tonio sur terre, le témoin, de par sa nature même, demeura invisible aux spectateurs.

En revanche, les préjugés étant moins virulents dans l'Au-delà, Giovanni fut mieux accepté que son ami. Les noces se déroulèrent donc sans encombre et, selon les desiderata du fiancé, les festivités durèrent huit jours d'affilée.

Huit jours de plaisir intense pour les deux amis enfin réunis. Hélas, tout a une fin. La fête terminée, il fallut que chacun regagnât ses pénates. S'arracher aux bras l'un de l'autre fut le pire des crève-cœur.

– Que ne puis-je rester toujours près de toi ! gémissait Giovanni.

– Je le désire autant que toi, répondait Tonio en pleurant. Mais ton épouse t'attend !

– Qu'en ai-je à faire ? C'est une mégère !

– Et ta gondole ?

– Elle prend l'eau... Ah, mon cher, mon très cher Tonio, que j'aimerais devenir gondolier des Ténèbres !

– Pour cela, il te faudrait auparavant mourir... Va, mon ami bien-aimé, vis ta vie, je saurai t'attendre. Et dans un demi-siècle, ou peut-être moins, nous serons à nouveau réunis.

Sur cette inéluctable certitude, le gondolier s'en retourna parmi les siens. Or, à sa grande surprise, Venise avait changé, ses habitants aussi. Leurs vêtements, leurs mœurs, et jusqu'à leur langage semblaient d'une autre époque.

Et lorsque Giovanni voulut rentrer chez lui, un homme vêtu de bleu et coiffé d'un képi l'en empêcha.

– Ce lieu est un musée, lui dit-il d'un ton péremptoire. On ne peut le visiter qu'aux heures d'ouverture, inscrites sur le panneau.

Lors, Giovanni comprit le fin mot de l'histoire : le temps étant différent dans l'Au-delà et sur terre, ce qui lui avait semblé, là-bas, ne durer que huit jours, avait ici duré huit siècles.

N'ayant plus aucune attache en ce monde, il s'empressa de sauter dans la lagune, pour retourner dare-dare au royaume des Morts. Or, le bruit courut qu'il n'y parvint pas seul. Les lavandières qui, comme chacun sait, ont la langue bien pendue, racontent qu'il aurait emmené l'une d'entre elles – la plus accorte, la plus fraîche – tombée dans le lavoir en rinçant son linge. Leurs dépouilles se seraient croisées, flottant au fil de l'eau à hauteur de Saint-Marc, et les courants marins, en les précipitant l'un contre l'autre, auraient fomenté leur idylle.

Cela clôt joliment notre histoire, mais peut-on faire confiance aux lavandières ? Peut-être ne sont-ce là que de simples ragots...

L'Ogre du Bois-minuit

En ce temps-là, les Princes-évêques régnaient sur la province de Liège. La bonne ville et ses alentours vivaient une ère de prospérité lorsqu'un terrible fléau les frappa. Cela commença par la disparition du petit Louis.
Louis et Henri étaient jumeaux, et inséparables. Dès que l'un paraissait, l'autre le suivait de peu. Chaque matin que Dieu fait, les deux garçonnets menaient les vaches au pré, à quelque distance de la ferme familiale, et rentraient le troupeau au coucher du soleil. Étant de caractère doux et réfléchi, ils s'acquittaient avec soin de leur tâche, si bien que leurs parents se félicitaient d'avoir engendré une telle descendance.
Tout allait donc pour le mieux quand un soir, le drame éclata. Henri, fort inquiet, revint du pré sans son frère. Louis, expliqua-t-il, s'était rendu au bois pour y cueillir des mûres et n'était point reparu, malgré ses appels.
Ce bois, dénommé Bois-minuit – en raison de l'obscurité qui y régnait, la lumière du jour ne pénétrant jamais ses épaisses frondaisons –, se situait à quelques kilomètres de la ferme. Craignant un accident, le père prit sa lanterne, siffla son meilleur chien et y courut sur l'heure. Au terme de longues recherches, alors qu'il s'apprêtait à repartir bredouille, un aboiement suspect l'alerta. Le chien grattait le sol avec frénésie, en gémissant à fendre l'âme. L'homme remarqua que la terre avait été fraîchement remuée, à cet endroit. Saisi d'un sombre pressentiment, il se mit à creuser, et découvrit bientôt le cadavre de son fils. Le pauvre enfant était à-demi dévoré...
Effondré, le malheureux père s'en fut porter aux siens l'effroyable nouvelle. Toute la nuit, la ferme retentit des cris de douleur de la famille en deuil. Louis fut inhumé en grande pompe. En bénissant le cercueil, le curé entonna l'ode aux Innocents, qui fut reprise en chœur par le village entier.
Mais l'affaire ne s'arrêta pas là. Au cours des semaines qui suivirent, de nouveaux cas semblables se reproduisirent. Lorsque ce n'était pas un écolier, dont on trouvait les restes dans quelque cul de basse-fosse, c'était une jeune bergère, un apprenti, voire un enfançon en bas-âge. Un vent de panique balaya la campagne liégeoise. Dans les hameaux, tout un chacun tremblait pour sa progéniture et se claquemurait dès la tombée de la nuit.
Rien n'y fit. « L'horreur noire », comme l'appelaient les paysans en se signant, poursuivit ses ravages. Alors, des hommes décidés s'armèrent de fourches et de pioches, afin de mettre cette « horreur noire » hors d'état de nuire.
L'on soupçonna d'abord un loup, venu des proches forêts d'Ardennes, et des battues nocturnes s'organisèrent.
De nombreuses bêtes errantes, pourtant inoffensives, trouvèrent la mort au cours de ces expéditions.

La vindicte populaire exigeait des victimes, il y en eut. Ah, il ne faisait pas bon croiser la route des justiciers lorsque l'on possédait des crocs et un museau : plus d'un corniaud l'apprit à ses dépens ! Mais en dépit de ces multiples sacrifices, le prédateur sévissait toujours. Ce fut alors qu'intervint Gilles l'ermite.

Tout jeune moinillon, le frère Gilles avait fui le monde. Il s'était installé dans une masure branlante, au fond du Bois-minuit, où, depuis un quart de siècle, il faisait pénitence, se nourrissant de baies et de racines pour la plus grande gloire du Très-Haut. Comme, en sa solitude, il avait acquis la science des plantes, les fermiers faisaient souvent appel à lui. Il connaissait les philtres propres à féconder les femmes, ceux qui calmaient les pleurs des nouveaux-nés, les tisanes rendant force et vigueur aux vieillards. Le bétail lui-même bénéficiait de son savoir. Combien de vaches avait-il aidées à vêler, en mêlant à leur litière certaines herbes dont il avait le secret ?

Bref, sa bonté et sa sagesse étant proverbiales, on décida, en dernier recours, de s'adresser à lui. Une délégation de villageois se rendit au Bois-minuit, afin d'implorer son secours. Henri en était, car, malgré son jeune âge, il participait activement à la traque. Nul plus que lui n'avait soif de vengeance, la mort de son jumeau l'ayant laissé inconsolable.

Le père Gilles harangua les demandeurs en ces termes :

– Priez, mes bons amis, emplissez les églises, et que l'écho de votre ferveur monte jusqu'aux cieux, afin que le Seigneur use envers vous de sa clémence.

On lui assura que c'était chose faite, mais sans résultat. Voilà pourquoi on le sollicitait, lui, plutôt qu'un Dieu somme toute assez lointain.

Il promit de se pencher sur la question.

– Certaines écorces suscitent les dons divinatoires, lorsqu'on les brûle en récitant des oraisons, expliqua-t-il. Peut-être leur pouvoir me permettra-t-il d'entrevoir le coupable.

Ces paroles ranimèrent l'espoir des villageois.

– Mais, poursuivit l'ermite, la récolte de tels ingrédients nécessite des bras robustes, et je ne suis qu'un vieil homme...

Henri se proposa pour lui prêter main-forte. Aucun effort ne le rebutait, pourvu qu'il permette la capture de « l'horreur noire ». Le frère Gilles accepta avec reconnaissance, et chacun s'en retourna à ses occupations.

Une fois seul avec Henri, l'ermite l'entraîna vers sa cabane afin, précisa-t-il, de l'initier aux Saintes Écritures. L'enfant le suivit sans méfiance. Mais à peine eut-il franchi le seuil de la porte que le frère Gilles ferma celle-ci, cric-crac, à clé.

– Tu cherches la créature qui dévore tes semblables ? lui dit-il. La voici !

Et, sous les yeux horrifiés d'Henri, il retira la capuche de sa robe de bure.

À l'arrière de sa tête, en lieu et place de la nuque, il y avait un second visage.

Une face pourvue de longues dents pointues, d'yeux au regard cruel, et arborant l'expression la plus féroce qui soit.
La vision était si atroce que l'enfant se crut tout d'abord le jouet d'un cauchemar. De telles abominations ne pouvaient exister... À moins que le Diable s'en mêle, bien entendu.
Or, le Diable s'en était mêlé.
– Je te présente Malgilles, dit l'ermite. Le cadeau du Malin... Vois-tu, petit, l'homme n'est pas fait pour vivre seul, et ceci en est la cuisante preuve. Après des années de retraite et de renoncement, la solitude me pesait à tel point que je suppliai Dieu de m'envoyer un compagnon. Mais il fut sourd à ma demande. En désespoir de cause, je me tournai alors vers le prince des Enfers. Je fus cruellement puni de ce blasphème, car à peine avais-je sollicité Satan qu'il m'apparut, dans un déferlement de feu et de flammes. « Tu désires un ami ? ricana-t-il. Je te l'accorde. Désormais, ton mauvais Moi s'attachera à tes pas et te suivra, où que tu ailles. » Ainsi naquit Malgilles, l'incarnation de toutes mes forces obscures...
– Et Malgilles a faim ! l'interrompit ce dernier d'une voix de stentor.
Docilement, l'ermite se tourna et marcha à reculons vers Henri. Avec un effroi impossible à décrire, l'enfant vit l'horrible face aux dents pointues s'approcher de lui. Mais alors que Malgilles s'apprêtait à lui happer le nez, il eut un réflexe de génie.
– Frère Gilles, au secours ! appela-t-il.
L'ermite était bon, nous l'avons dit plus haut. Ne pouvant résister à une si grande détresse, il fit aussitôt volte-face.
– Fuis ! cria-t-il à Henri en le poussant vers la porte.
Mais son mauvais Moi ne l'entendait pas de cette oreille. Comme sa proie lui échappait, il s'élança à sa poursuite avec des jurons de païen.
Alors qu'il se passa cette chose inouïe : un désaccord naquit entre Gilles et Malgilles. Tantôt l'ermite partait en avant pour délivrer Henri, tantôt il partait en arrière afin de l'attraper. Cette valse-hésitation dégénéra vite en affrontement. L'enfant put bientôt voir le malheureux ermite s'empoigner lui-même et tenter de s'étrangler. Puis, tandis que, des ongles d'une main, il labourait son bon visage, de l'autre, il martelait son mauvais à coups de poings.
Profitant du combat, l'enfant se sauva à toutes jambes et courut d'une traite jusqu'au bourg.
Lorsque les villageois, alertés, revinrent en force à la cabane de l'ermite, celui-ci avait cessé de vivre. Et si son bon visage arborait le sourire apaisé d'un saint homme enfin délivré de ses tourments, le mauvais, en revanche, écumait encore de rage.
On l'enterra après moults exorcismes. Plus aucun enfant ne disparut dans la région, mais certaines nuits de pleine lune, dit-on, d'étranges cris montent du cimetière. C'est Malgilles, créature du Diable, qui hurle sa faim pour l'éternité.

Les Veilleurs de l'Abîme

Le crépuscule tombait, noyant les monts d'Arlberg d'ombres mauves, et Wilhelm pestait tout en pressant son âne. Il s'était attardé trop tard en ville, et pour bien peu de chose : des dix sacs de blé noir dont il escomptait tirer un bon prix, il lui en restait cinq. Greta, sa femme, allait encore geindre et se lamenter. Les temps étaient durs et l'argent manquait à la ferme. Wilhelm recompta, une fois de plus, ses maigres gains, et soupira tout haut :
– Ah, que n'ai-je vendu toute ma récolte ! Mon blé est pourtant le meilleur d'Autriche, et pour les Strudels, il n'a pas son pareil.
Au même moment, une voix pointue troubla le silence.
– Strudel ! Strudel ! Strudel !
Wilhelm crut tout d'abord à un écho, car il n'y avait personne à des lieues à la ronde. Mais quand d'autres voix reprirent à leur tour : « Strudel, Strudel, Strudel », il lui fallut bien se rendre à l'évidence. Il n'était pas tout seul.
Ce n'était pourtant point l'âne qui causait de la sorte. Tout à son étonnement, le brave homme vit soudain un petit monstre noir bondir sur sa charrette. Cela lui fit grand peur.
Le monstre était à peine plus grand qu'un écureuil, d'une maigreur effrayante, et portait barbe blanche et bonnet pointu. Ses gestes étaient si vifs qu'on avait peine à les suivre des yeux, et il faisait des bonds prodigieux pour sa taille.
– Strudel, Strudel, répétait-il en gigotant comme un beau diable. Est-ce toi, paysan, qui parles de Strudel ?
– Qui es-tu donc, étrange petit homme ? s'enquit Wilhelm, le premier émoi passé.
– Je suis un troll. Mon peuple et moi vivons dans les trous de la roche, et nous jouons des tours aux voyageurs nocturnes. Mais tu transportes du blé noir, et les Strudels sont notre aliment favori. Donne-nous tes sacs et nous te laisserons partir en paix.
– Ah ça, quelle audace ! s'écria Wilhelm. J'ai trimé pour récolter ce grain, et tout travail mérite salaire. Si tu veux mes sacs, achète-les ! Je te les cède pour dix sous chaque, c'est la moitié de ce qu'ils valent.
Le troll se gratta le crâne sous son bonnet.
– Cela demande réflexion, dit-il. Je m'en vais consulter mes frères.
Et il sauta de la charrette pour se perdre dans la nuit. Wilhelm, aussitôt, fouetta son baudet.
– Au trot, Grison, fuyons ces créatures qui ne me disent rien qui vaille !
Mais à peine avait-il fait trois pas que le troll revint.
– Nous n'avons pas d'argent, expliqua-t-il, mais le seigneur d'Arlberg, lui, en a. Il est de nos amis. Allons à sa demeure et il t'achètera ton blé, en bonne monnaie sonnante et trébuchante.
La tentation était grande et, bien qu'à-demi rassuré, Wilhelm y céda. Il aurait d'ailleurs été bien en peine d'agir autrement : tandis qu'il marchandait, le paysage s'était empli de trolls, et il en venait sans cesse de nouveaux. Fausser compagnie à une telle escorte n'était point dans ses cordes, surtout avec une charrette branlante et un seul âne pour la tirer.
Notre homme n'avait donc d'autre choix que d'obtempérer.
– Montrez-moi le chemin, dit-il, raffermissant sa voix autant que faire se pouvait. Et de s'engager, à la suite de la troupe, vers des sentes montagnardes dont il ignorait jusqu'alors l'existence.

– Passe par ce goulet, lui ordonna son guide.
La faille était étroite, la muraille escarpée. Aucun rayon de lune n'y pénétrait, si bien que Wilhelm n'apercevait même plus les oreilles de son âne. Mais les trolls lui ouvraient la route. Or, ces créatures voient dans le noir, à la manière des chats. Et leurs yeux lumineux, tels des feux follets, piquetaient l'obscurité de mille lueurs vertes.
C'est dans cet équipage, et après un fort long cheminement, qu'ils parvinrent au château.
Ce dernier était sis sur un plateau rocheux, dans une sorte de crique au cœur de la montagne. Des remparts naturels le protégeaient des regards, si bien que nul, dans le pays, n'aurait pu seulement soupçonner sa présence. Wilhelm, fort étonné, franchit le pont-levis qui enjambait le ravin – un gouffre vertigineux, tenant lieu de douves – et pénétra dans une grande cour carrée, où ne se trouvait âme qui vive.
Derrière lui, les grilles se refermèrent avec un bruit sourd.
– Te voilà à notre merci, dit le chef des trolls, partant d'un rire sarcastique. Car le seigneur de ce château n'a nul besoin de ton blé : il dort depuis des siècles avec ses compagnons et ne s'éveillera pas de sitôt. Nous, en revanche, avons élu domicile en ce lieu, plus à notre convenance que nos grottes et nos cavernes. Les cuisines y sont fort commodes, et dotées de fours spacieux. Ton blé sera le bienvenu... et toi de même !
Mille rires se joignirent au sien et, voyant grouiller les petits gnomes dans la pénombre, Wilhelm eut l'impression d'être cerné par des rats. Il se mit aussitôt à trembler.
– Que comptez-vous faire de moi ? demanda-t-il.
– Les oreilles frites ont un goût délicieux, lui fut-il répondu. Les doigts rôtis et les yeux confits également. Quant aux orteils, en fricassée, c'est un délice.
Saisi d'une peur sans nom, le malheureux Wilhelm prit ses jambes à son cou, poursuivi par la troupe ricanante. Et comme un grand portail s'ouvrait devant lui, il y pénétra derechef.
L'endroit où il parvint était le plus effarant qu'on pût imaginer. Dans une vaste salle au plafond voûté, soutenu par des colonnades, se trouvaient douze chevaliers géants. Tous en armes et portant armure, heaume et bouclier, ils entouraient une longue table ronde, et demeuraient parfaitement immobiles.

D'abord, Wilhelm les prit pour des statues, mais à bien y regarder, leur texture n'était pas celle de la pierre. Leurs mains avaient la douceur de la peau, leurs épées la dureté du fer. Ils ne semblaient point morts – car la mort défigure et transforme en squelette –, mais plutôt plongés dans un profond sommeil.
Notre homme n'eut pas le temps d'examiner plus avant sa trouvaille, car déjà les trolls l'avaient rejoint et dansaient la sarabande autour de lui. Et tout en produisant, avec la bouche, les bruits que l'on émet devant un bon repas, ils lui pinçaient les cuisses et les mollets de leurs ongles crochus.
– Chevaliers, au secours ! se mit à crier Wilhelm, saisi d'horreur.
Et les trolls de rire de plus belle.
– Ménage ta salive, paysan, ils ne peuvent t'entendre ! Ce sont les veilleurs de l'abîme. Le ciel, les trouvant trop barbares de leur vivant, les a condamnés pour l'éternité à monter la garde sur la vallée. Un seul mot a le pouvoir de les éveiller, mais d'ici-là, et si tant est qu'un jour ce mot soit prononcé, ils demeureront aussi raides que des rocs.

N'ayant d'autre choix que de vendre chèrement sa vie, Wilhelm arracha alors l'épée d'un chevalier et, tout en traçant des moulinets en l'air – car il ignorait tout du maniement des armes – se mit à crier :
– Ah, vous voulez la guerre, vilains drôles ! Eh bien, vous l'aurez. Tant pis pour vous si je vous estropie, si je vous décapite et si je vous démembre.
À peine avait-il émis ces paroles que, dans un grand fracas, les géants s'animèrent. Et c'était un spectacle entre tous effroyable que ces masses gigantesques et bardées de métal se mettant lentement en marche. On aurait dit que des pans de montagne prenaient vie.
– Il a dit le mot ! hurlèrent les trolls avant de s'enfuir en débandade, telle une volée de moineaux devant un épouvantail.
Emporté par le flot, Wilhelm fuyait aussi, car les veilleurs de l'abîme détruisaient tout sur leur passage. Nombre de trolls y laissèrent leur vie.
Wilhelm ne dut son salut qu'à la vélocité du petit âne gris qui l'emporta, ainsi que quelques rescapés – tant il est vrai qu'une commune disgrâce tisse des liens entre les ennemis ! – à travers les sentes escarpées, loin du carnage.
Ayant regagné des lieux plus cléments, tous se séparèrent.
– Quel était le mot magique ? demanda Wilhelm avant de reprendre sa route.
– Le mot « guerre », répondit le chef des trolls. Lui seul était suffisamment porteur d'effroi pour tirer les géants de leur sommeil éternel. Car c'est un mot qui crie vengeance au ciel.

Au loin, la montagne d'Arlberg vibrait, comme sous l'effet d'un tremblement de terre. Il y eut, cette nuit-là, tant d'éboulements que, dans les villages d'alentour, nombre de maisons furent écrasées. Mais tout cela n'est rien à côté des cris que poussa Greta, quand elle vit rentrer son homme sans ses cinq sacs de blé noir !